KB183617

사랑의 뽑기폰

속마음이 들리는
이어폰을 뽑았다!

글 최빛나
그림 김민우

이지북
EZbook

차례

뽑기 전

그날 급식은 쫄깃쫄깃한 치즈가 듬뿍 들어간 수제 돈가스였어. 수아는 얼른 경기를 끝내고 돈가스를 먹고 싶었어.

그런데 상대편 이든이 때문에 피구는 금방 끝나지 않을 것 같았어. 얼마나 날렵한지 날아오는 공을 요리조리 잘도 피하는 거야.

그때, 수아 손에 피구 공이 들어왔어.

'그래. 이번에 확실히 끝내자!'

수아는 어금니를 꽉 깨물고, 이든이 쪽으로 공을 힘껏 던졌어.

퍽 소리와 함께 이든이가 고개를 푹 숙이며 바닥에 주저앉았어. 다른 데도 아니고 얼굴 한가운데 공을 정통으로 맞았거든.

"어머, 어떡해!"

"이든이 엄청 아프겠다. 괜찮아?"

아이들이 깜짝 놀라 이든이에게 우르르 달려갔어.

고개 숙인 이든이가 괜찮다는 듯 오른손을 번쩍 들어 올려 보였어. 그러고는 앞머리를 넘기며 멋지게 고개 드는 그 순간.

"코피다!"

"야, 너 코에서 피나."

이든이 코에서 새빨간 피가 뚝뚝 떨어지는 거야. 그것도 쌍코피가 말이야.

양쪽 콧구멍에 휴지를 돌돌 말아 넣은 이든이를 보고 몇몇 아이가 뒤돌아 킥킥 웃었어. 대놓고 박장대소하는 태오도 있었지.

'아, 어떡해!'

수아는 너무 당황해서 미안하다는 말도 안 나왔어. 온몸이 꽁꽁 얼어붙어 두 눈만 끔뻑끔뻑했어. 그런데 갑자기 이든이가 수아 쪽으로 성큼성큼 걸어오는 거야.

'큰일 났다!'

수아는 바들바들 떨면서 고개를 푹 숙였지.

"수아야, 놀랐지?"

"응?"

수아는 고개를 들어 이든이를 슬며시 바라봤어.

"난 괜찮으니까 신경 쓰지 마."

이든이는 정말로 아무렇지도 않은 표정이었어. 오히려 수아를 보며 걱정하지 말라는 듯, 살짝 미소까지 지어 보였지.

쿵!

그 순간 수아는 심장이 바닥까지 내려앉는 것 같았어.

'내가 만약 친구들 앞에서 쌍코피가 났다면 저렇게 할 수 있을까?'

이든이가 산처럼 크고 별처럼 반짝반짝 빛나 보였지.

그날 이후, 수아는 이든이와 눈만 마주쳐도 얼굴이 사과처럼 새빨개졌어. 백 미터 달리기를 한 것처럼 심장도 빠르게 뛰어서 터질 것 같았고 말이야.

열한 살 송수아에게 드디어 두근두근 가슴 떨리는 첫사랑이 시작된 거야.

"정가네 떡볶이 2인분 주세요!"

수아는 분식집 아저씨에게 큰 소리로 말했어.

'이든이와 함께 먹는 떡볶이는 어떤 맛일까? 말랑말랑하고 쫄깃쫄깃한 떡볶이가 입안에서 사르르 녹는 환상의 맛이겠지?'

생각만 해도 하늘을 나는 것처럼 마음이 두둥실 떠오르며 설레었어.

그때 수아의 휴대폰이 몸을 부르르 떨었어.

"수아야, 어떡하지? 학원 보충 수업이 잡혀서 떡볶이 먹으러 못 갈 것 같아. 미안."

이든이의 풀 죽은 목소리가 들렸어. 수아는 하늘 높이 올랐던 마음이 땅속 깊이 훅 꺼지는 것 같았지.

"여보세요? 수아야, 내 말 들었어?"

수아가 대답이 없자, 이든이가 또다시 말했어.

'야, 정이든! 너 어떻게 이럴 수 있어? 내가 오늘을 얼마나 기다렸는데! 지금 막 너랑 먹을 떡볶이까지 시켰단 말이야.'

마음 같아서는 이렇게 크게 소리치고 싶었어. 하지만 수아는 침을 꼴깍 삼키고 병아리 눈물처럼 작은 목소리로 말했지.

"그래. 어쩔 수 없지……."

수아는 이상하게 이든이 앞에만 서면 작아져. 하고 싶은 말이 많은데 꾹 참게 되고, 목소리까지 기어들어 갔어. 왜 이러는 건지, 수아 자신도 이해할 수 없었지.

"아저씨, 죄송해요. 다음에 올게요."

수아는 자리에서 일어나 분식집 아저씨에게 말했어. 도저히 혼자 떡볶이를 먹을 기분이 아니었거든.

“왜? 그냥 가려고? 무슨 일 있어?”

아저씨가 의아한 듯 수아를 바라보았어. 수아는 갑자기 눈물이 날 것 같았어. 고개를 꾸벅 숙이고 서둘러 문밖으로 뛰쳐나갔지.

‘정이든, 정말 너무해…….’

수아가 눈물을 참으려고 이를 꽉 깨물 때였어.

또로로로로~ 띠리리리리~ 따라라라라~

누가 크게 노래 부르는 소리가 들리는 거야.

'뭐야, 시끄럽게…….'

고개 들어 주위를 둘러봤어. 분식집 건너편에 냉장고보다 더 큰 기계가 놓여 있었어.

'어? 조금 전까지만 해도 안 보였는데, 저 기계에서 난 소리인가?'

수아는 고개를 갸웃했어.

안녕? 나는 절대 절대 뽑지 마! 뽑기봇이야.

기계에서 개구쟁이 같은 남자아이 목소리가 흘러나왔어. 만화 캐릭터 목소리 같기도 하고, 같은 반 촐랑이 태오 목소리 같기도 했어.

‘뽑기 기계인 것 같은데 절대 절대 뽑지 말라니, 이게 무슨 뚱딴지같은 소리지?’

오지 마! 오지 마! 가까이 오지 마! 저리 가라니까!

‘저리 가라고?’

대체 무슨 소리를 하는 건지 수아는 어리둥절해서 기계 앞으로 다가갔어.

헬멧을 쓴 것 같은 둥그런 얼굴에 반달 모양의 눈과 입, 투명한 몸통과 기다란 팔다리. 뽑기 기계보다는 우주복을 입은 커다란 로봇 같았어.

“우아! 이게 다 뭐야?”

수아는 놀라서 눈이 휘둥그레졌어. 속이 훤히 보이는 몸통 안이 희한한 물건으로 가득한 거야. 종, 엽서, 공알탄, 옛날 전화기, 부엉이 인형, 뻐꾸기시계, 야광 선글라스……. 심지어 인터넷에서 봤던 삐삐까지 있었어.

절대 절대 찍지 마! 영혼이 찍히는 카메라!

절대 절대 말하지 마! 진심만 말하는 마이크!

절대 절대 붙이지 마! 마음을 조절하는 스티커!

‘뭐야. 뭔데 다 하지 말래.’

물건 이름도 하나같이 특이했어. 그런데 하지 말라니까

갑자기 더 하고 싶어졌어.

'오랜만에 뽑기나 한번 해 볼까?'

수아는 순간 망설였지.

안 돼! 안 돼! 절대 뽑지 말라니까!

뽑는 순간 바로 후회할걸? 나는 분명히 말했다?

뽑기봇이 또다시 수아를 약 올리듯 말했어.

'왜 자꾸 하지 말래? 놀리는 거야?'

수아 입이 오리처럼 삐죽 튀어나왔어. 속으로 흥, 코웃음 치고 지갑에서 돈을 꺼냈어. 그런데 동전 투입구가 어디에도 보이지 않는 거야.

'여기에 넣으면 되나?'

수아가 입처럼 생긴 납작한 구멍에 돈을 넣으려는 순간.

빰빠바바바바밤~ 빰빠바바바바밤~

1차 호기심 테스트 통과야!

뽑기봇이 갑자기 경쾌한 나팔 소리를 내는 거야. 그것도 커다란 몸을 덩실덩실 흔들면서 말이야.

"정말? 내가 테스트에 통과했다고?"

수아가 눈을 크게 뜨며 물었어. 딱히 무엇을 했는지 모르겠지만, 기분이 나쁘지는 않았지.

자, 그럼 2차 테스트를 시작할게. 2차는 고민 테스트야.

지금부터 나 뽑기봇이 너의 마음을 들여다볼 거야.

너의 마음을 차지하는 고민 중, 30퍼센트 이상 차지하는 고민이 있으면 고민 테스트를 통과할 수 있어.

"내 마음을 들여다본다고? 어떻게?"

수아는 뽑기봇이 무슨 소리를 하는 건지 알쏭달쏭했어.

그건 나 뽑기봇에게 맡기라고!

일단 한 발짝 가까이 다가올래?

너는 그냥 가만히 있으면 되니까 긴장하지 말고.

수아는 호기심에 한 발짝 앞으로 다가갔어. 뽑기봇이 두 팔로 가만히 수아의 양어깨를 붙잡았어. 그러고는 고개 숙여 수아 눈을 똑바로 바라봤어.

'뭐야? 너무 따뜻하잖아?'

붉은빛이 번쩍하더니 따뜻한 기운이 수아를 감쌌어. 주변 소음이 싹 사라지며 어디선가 콩닥콩닥 심장 소리가 울려 퍼졌어. 그 느낌이 얼마나 포근한지 수아는 저도 모르게 눈을 지그시 감았지.

지금부터 지난 한 주간 있었던 일을 떠올려 볼래?
좋았던 일이든 싫었던 일이든 전부 다.

'있었던 일?'

음악 시간에 친구들 앞에서 노래할 생각에 배가 아팠던 일, 인터넷으로 눈 크기 커지는 법을 검색한 일……. 수아는 지난주에 있었던 일을 마구잡이로 떠올렸어.

삐 하는 소리와 함께 뽑기봇 목소리가 들렸어.

자, 고민 측정 끝났어. 이제 떨어져도 돼.

"아, 벌써?"

그제야 수아는 눈을 뜨고 얼른 뒤로 물러섰지.

"그런데 너는 정체가 뭐야? 로봇 맞아?"

뽑기봇을 뚫어질 듯 쳐다보면서 수아가 물었어. 일반적인 로봇이랑 달라도 너무 달랐으니까. 혹시 안에 사람이 들어 있나, 별생각이 다 들었지.

쉿! 결과 분석하는 중이니까 말 시키지 마.
종이가 다 나올 때까지 잡아당기지 말고.

잠시 후 뽑기봇이 입 모양 입구에서 영수증 같은 종이를 토해 냈어. 수아는 얼른 종이를 빼서 들여다봤어.

수아가 당황스러운 얼굴로 소리쳤어.

"뭐? 이든이에 대한 고민이 37퍼센트나 차지한다고?"

태어나 처음으로 좋아하는 아이가 생겨서 신기하다고는

♥ 고민 측정 결과 ♥

송수아 (11세. 여자. ISFJ)

이번 주 음악 발표, 너무 떨려	1%
강아지 키우고 싶은데 엄마를 어떻게 설득하지?	2%
학교 숙제, 학원 숙제, 으악! 공부하기 싫어	3%
내 마니토는 대체 누구일까? 정이든?	3%
계주 선수로 꼭 뽑히고 싶어	4%
눈이 조금 더 커지면 얼마나 좋을까	5%
이번 소풍 가는 버스에서 누구랑 같이 앉지?	6%
엄마랑 아빠가 싸우지 않으면 좋겠어	7%
음식 맛있게 먹는 먹방 영상 찍고 싶다	8%
왜 자꾸 나를 만두라고 놀리는 거야!	11%
나 정도면 귀여운 편 아닌가?	13%
정이든은 대체 무슨 생각일까? 이든이도 나를 좋아했으면 좋겠다	37%

생각했어. 하지만 이렇게나 수아의 마음속을 가득 채우고 있을 거라고는 생각도 못 한 거야.

"말도 안 돼."

수아는 결과를 믿고 싶지 않았지만, 틀렸다고 할 수도 없었어. 방금도 분식집에서 한참이나 이든이를 기다렸잖아. 수아는 조금 전 일이 떠올라 마음이 무거워졌어.

수아 마음도 모르고 뽑기봇이 신나서 외쳤어.

따따따따따 따따~ 따라라라 따라라라 따따~
2차 고민 테스트도 통과야! 37퍼센트라니 엄청난걸?
조금만 기다려. 네 고민을 해결할 물건을 찾아야 하니까.

뽑기봇 몸통이 360도 돌면서 안에 있던 물건들이 마구 뒤섞였어. 그 많은 물건이 어디로 사라졌는지, 새로운 것으로 싹 바뀌었어. 이번에는 물건마다 설명도 덧붙어 있었지.

절대 절대 먹지 마! 용기가 생기는 탕후루!

↳ 탕후루를 먹으면 사람들 앞에서 말할 용기가 불끈 솟음

절대 절대 뿌리지 마! 사랑에 빠지는 향수!

↳ 향수를 뿌리면 상대방이 나에게 사랑에 빠짐

절대 절대 듣지 마! 속마음이 들리는 이어폰!

↳ 이어폰을 꽂으면 상대방의 속마음이 들림

"여기 써진 대로 정말 되는 거야?"

수아는 눈을 크게 뜨고 하나하나 유심히 살펴봤어.

그건 직접 써 보면 알겠지?

자, 이제 내 손을 잡고 요리조리 돌려 봐.

원하는 위치에 가서 엄지손가락으로 버튼을 꾹 누르면 집게가 떨어져서 물건을 집을 거야.

단, 시간은 5분! 기회는 열 번뿐이다?

"알았어!"

수아는 고개를 끄덕이고 비장하게 소매를 걷어붙였어. 뽑기봇 손을 악수하는 것처럼 가만히 붙잡았지. 그런데 차가울 것 같던 뽑기봇 손이 마치 사람 손처럼 따뜻한 거야.

'대체 이 로봇은 뭐지?'

속으로 깜짝 놀랐지만 일단은 뽑기를 시작해야만 했어. 모니터의 초시계가 깜빡이면서 서두르라고 재촉했거든.

"아이참……."

그런데 몇 번을 해도 마음처럼 안 됐어. 잡으려고 하면 놓치고, 잡았다가도 떨어지고. 약이 바짝 올라 아홉 번째 시도할 때였어. 갑자기 뽑기봇이 몸을 흔들면서 크게 웃는 거야.

푸하하~ 인상 쓰니까 너 진짜 못생겼다.

이야, 그 정도 했으면 안 되는 거야.

나 같으면 진작 포기했다.

"포기를 왜 해? 조용히 해!"

수아는 저도 모르게 뽑기봇에게 빽 소리쳤어. 그러다 순간 이상한 느낌이 들어서 카메라 렌즈처럼 생긴 뽑기봇의 눈을 쳐다봤어.

"근데 넌 정체가 뭐야? 진짜 로봇 맞아?"

두 눈을 부릅뜨고 뽑기봇 앞으로 바짝 다가갈 때였어.

나랑 이야기할 시간 없을 텐데?

마지막 기회를 놓칠 거야?

초읽기 들어간다. 29초, 28초, 27초…….

어라, 시간을 보니 정말로 30초도 안 남은 거야.

"무슨 소리! 꼭 잡을 거거든!"

수아는 큰소리치면서 비장한 얼굴로 다시 뽑기봇의 손을 잡았어. 숨도 쉬지 않고 온 신경을 손끝에 모아 엄지손가락으로 버튼을 꾹 눌렀지. 집게가 내려가다가 뭔가에 탁 걸리는 느낌이 들자, 성공했다는 확신이 들었어.

"우아!"

수아가 뽑은 건 이어폰이었어. 기다렸다는 듯 뽑기봇이 설명을 시작했지.

오오, 뽑았네? 축하해.

이 물건의 이름은 '속마음이 들리는 이어폰'이야.

이 이어폰을 귀에 꽂으면 상대방 속마음을 들을 수 있어.

'속마음이 들린다고?'

수아의 귀가 쫑긋 섰어.

그래서 이 이어폰을 귀에 꽂으면 절대 안 돼.

이어폰을 귀에 꽂는 순간, 절대 절대 듣고 싶지 않은 소리가 들릴 테니까.

"뭐? 기껏 뽑았는데 또 사용하지 말라고?"

수아는 기가 막혔어. 잔뜩 궁금하게 해 놓고 쓰지 말라니! 뽑기봇은 지독한 장난꾸러기거나 무슨 말이든 반대로 하는 청개구리일 거라고 확신했지.

자, 그럼 이제 주의 사항 말해 줄게.

빠르게 말할 테니까 귀를 쫑긋 세우고 집중해야 해.

일단 뽑기봇은 8세에서 13세의 어린이 눈에만 보여.

어린이 한 명당 선물을 한 개씩 뽑을 수 있지.

물론 특별한 물건인 만큼 부작용이 따를 수 있어.

부작용은 뽑기봇이 책임지지 않으니, 이용에 참고해.
아, 전자 제품은 물에 취약한 거 알고 있지?
이상 끝!

'어린이 눈에만 보인다고? 진짜 마법이라도 부린다는 거야?'

수아는 뽑기봇과 이어폰을 번갈아서 쳐다봤어. 그러고 보니 이해할 수 없는 게 한둘이 아니었어.

뽑기 끝났으니까 나는 이제 가 볼게~
이제는 우리가 헤어져야 할 시간.
다음에 또 안 만나요~

뽑기봇이 수아에게 그만 가라는 듯 손을 휘휘 저었어.
"저기, 근데 진짜 이어폰 들으면 안 돼?"
수아가 눈을 가늘게 뜨고 불쌍한 표정을 지으며 물었어.

그렇게 궁금하면 직접 들어 보시든지~

"뭐?"

수아는 기분 나빠 뽑기봇을 휙 노려봤어. 힘들게 뽑았는데 사용하지 말라느니 부작용이 있다느니 너무하잖아. 이건 뭐, 대놓고 말만 안 했을 뿐이지 "메롱. 약 오르지?" 하면서 놀리는 것 같았어.

'쳇! 너무해.'

툴툴거리면서 수아가 뒤돌아섰어.

잘 가~ 바이바이~

또로로로로~ 띠리리리리~ 따라라라라~

등 뒤로 처음 뽑기봇을 만났을 때 들었던 노래가 방정맞게 울려 퍼졌어.

'참 나. 노래도 되게 못하네.'

수아는 입을 씰룩거리며 손바닥 위에 올려진 이어폰을 바라봤어. 속이 훤히 들여다보이는 투명한 이어폰이었어.

'설마 무슨 일 있겠어?'

처음에 뽑지 말라는데 뽑아도 문제없었으니까, 끼우지 말라고 했지만 끼워도 크게 상관없을 것 같았어. 수아는 한참을 망설이다 조심조심 이어폰을 귀에 꽂았어. 그런데 딱딱했던 이어폰이 귀에 들어가는 순간, 말랑말랑해지는 거야. 귀에 맞춘 것처럼 쏙 들어갔지.

그때 마침 분식집 아저씨가 쓰레기를 버리려고 가게 문을 열고 나왔어. 아저씨와 수아의 눈이 정면으로 마주쳤어.

이상하다. 아까 그렇게 나가더니 왜 아직도 밖에서 서성이고 있지?

돈을 안 가지고 왔나? 들어와서 그냥 먹으라고 해 볼까?

이어폰에서 아저씨 목소리가 들렸어.

"아니, 제가 돈이 없어서 그런 게 아니고 저기서 뽑기 하느라……."

수아는 뒤돌아서서 뽑기봇이 있던 곳을 가리켰어. 그런데 그 순간, 그 커다란 로봇이 땅에서 발을 척 떼더니 아무렇지도 않게 걸어가는 게 아니겠어? 쿵쾅쿵쾅 땅이 울릴 정도로 엄청난 진동을 내면서 말이야.

"저기, 저 로봇 보이세요?"

입이 떡 벌어질 정도로 놀란 수아가 소리쳤어.

"응? 뭐가 있다고?"

아저씨가 어리둥절한 표정으로 주위를 둘러봤어. 이해할 수 없다는 듯 수아를 바라봤지.

이 학생이 오늘 왜 이러지? 로봇이 어디 있다고…….

흠, 어디 아픈가?

"아니, 아픈 게 아니라……."

수아는 아저씨에게 뭐라고 변명하려다가 순간 멈칫했어. 아저씨가 입을 꾹 다물고 있다는 걸 뒤늦게 눈치챘거든.

"학생, 괜찮아?"

아저씨가 눈을 끔뻑이며 수아를 바라봤어. 뭐라고 말해야 할지 몰라 수아는 머릿속이 뒤죽박죽 엉망이 된 것 같았어.

"그, 그게…… 안녕히 계세요."

수아는 고개 숙여 인사하고 얼른 그곳을 빠져나올 수밖에 없었지.

'진짜 속마음이 들리는구나.'

수아는 신기하기도 하고 얼떨떨했어.

'그런데 뽑기봇은 왜 이어폰을 꽂지 말라고 한 거지? 그냥 장난친 걸까? 들으면 문제가 생기나?'

생각이 꼬리에 꼬리를 물 때였어.

"아야!"

얼마나 정신이 없었는지 달려오는 자전거도 보지 못했어. 하마터면 자전거를 탄 중학생 언니와 제대로 부딪칠 뻔했지.

"아이참, 괜찮아?"

자전거를 옆으로 홱 틀면서 언니가 못마땅한 얼굴로 물었어. 그 순간 수아와 언니의 눈이 마주쳤어.

아, 진짜! 앞을 제대로 보고 다니는 거야, 뭐야?
그러잖아도 되는 일 없어서 열받는데, 혼 좀 내 줘?

언니는 수아를 힐끔 흘겨보았을 뿐인데 이어폰에서 들리는 소리는 무시무시했어.

'아니, 언니도 앞을 제대로 못 봤으면서…….'

수아는 속으론 못마땅했지만 언니가 시비를 걸까 봐 무서웠어.

"괘, 괜찮아요."

언니에게 작게 대답하고는 도망치듯 그 자리를 벗어났지.

"치, 너무해……."

언니가 보이지 않자, 그제야 입을 씰룩거리며 땅을 발로 툭툭 찼어. 그러자 이번에는 전봇대 옆에 웅크리고 있던 고양이와 눈이 마주친 거야.

아, 너무 배고파……. 저 아이가 내게 먹을 걸 주면 얼마나 좋을까?

주변을 둘러봤지만 수아 주변에는 아무도 없었어. 이어폰은 사람이 아닌 동물의 속마음까지 들리는 모양이야. 수아는 얼른 주머니에 손을 넣었어. 간식으로 먹던 소시지를 조금 남겨 둔 게 생각났거든.

"야옹아, 배고팠지?"

소시지를 작게 떼서 고양이에게 건넸어. 고양이는 야금야금 맛있게 받아먹었어.

모든 아이가 이렇게 천사 같으면 좋겠다…….

수아 손등을 핥으며 고양이가 속으로 말했어.

"내가 천사라고? 에이, 그 정돈 아니야."

수아는 손사래를 치며 수줍게 웃었지.

뭐, 뭐야? 내 속마음을 어떻게 안 거야?

고양이가 흠칫 놀라며 뒤로 한 걸음 물러섰어.

수아는 멀어지는 고양이를 바라보며 또다시 이든이를 떠올렸어.

'이렇게 마주치는 모든 상대의 속마음이 들리는 거면, 이든이 속마음도 들을 수 있겠지?'

내일 학교에 가면 제일 먼저 이든이 속마음부터 들어 봐야겠다고 결심했지.

다음 날, 수아는 평소보다 일찍 학교에 갔어. 이어폰을 꽂고 이든이가 오기만을 기다렸지. 그런데 이든이는 교실에 오자마자 친구들과 웃고 떠드느라 정신이 없는 거야.

'아, 내가 먼저 다가가야 하는구나…….'

사실 수아는 이든이에게 먼저 말 걸어 본 적이 단 한 번도 없었어. 이든이뿐만 아니라 반 친구들에게 먼저 다가간 적이 거의 없었지. 그래서일까? 새 학기가 시작된 지 한참 지났지만, 수아는 좀처럼 친구를 사귀기 어려웠어.

'송수아, 할 수 있다!'

하지만 오늘만큼은 이든이의 속마음을 듣기 위해 용기 내야만 했어. 이어폰을 꽂으니 수아는 왠지 모르게 든든해지면서 용기가 샘솟았어. 이어폰을 다시 한번 깊숙이 넣고는 두 주먹을 불끈 쥐며 자리에서 일어섰지.

"이든아, 어제 학원은 잘 갔다 왔어?"

수아는 이든이 앞으로 다가가 넌지시 물었어.

'이든이 속마음을 들으면 기분이 어떨까?'

가슴이 콩닥콩닥 뛰는 걸 느끼며 이든이를 바라봤어.

이든이가 깜짝 놀란 얼굴로 수아를 쳐다봤어.

뭐지, 저 다 아는 것 같은 눈빛은?

설마 내가 학원 안 간 거 눈치챈 거 아니겠지?

'뭐라고! 학원에 안 갔다고? 그럼 나한테 거짓말한 거야?'

수아는 황당하고 기막혔어. 이든이에게 당장이라도 뭐라

고 따지고 싶었지만, 속마음을 들었다고 할 수도 없고!

"너 혹시 학원 안 갔는데…… 나한테 갔다고 거짓말한 거 아니지?"

최대한 침착하게 다시 물었어.

"아니야. 나라고 약속 취소하고 학원 가고 싶었겠어?"

이든이는 끝까지 뻔뻔하게 말했어.

"그래?"

수아는 화가 부글부글 끓었지만 억지로 입꼬리를 올려 보였어.

"야! 너희 무슨 얘길 그렇게 해?"

그때 같은 반 문채윤의 목소리가 들렸어. 채윤이는 다짜고짜 수아와 이든이 사이로 불쑥 들어왔어. 수아가 채윤이를 쳐다보자 채윤이의 속마음이 울려 퍼졌어.

얘는 왜 자꾸 이든이 주변을 알짱거리는 거야.

하여튼 생긴 건 만두같이 생겨서 진짜 마음에 안 든다니까.

"뭐, 만두? 너 지금 뭐라고 했어!"

수아는 저도 모르게 빽 소리쳤어.

"내가 뭐랬는데? 내가 무슨 말 했어?"

채윤이가 화들짝 놀라며 소름 끼친다는 표정으로 수아를 바라봤어.

"야, 방금 네가!"

수아는 채윤이에게 말하다가 멈칫했어. 이든이와 채윤이가 '쟤 왜 저러지?' 하는 얼굴로 쳐다보는 게 느껴졌거든.

저 만두가 어떻게 내 마음을 알았지?

아무튼 만두 주제에 감히 우리 이든이를 넘봐?

나 3학년 때부터 정이든 좋아했거든!

'참 나. 문채윤, 너도 정이든 좋아하냐? 그런데 감히라니, 내가 어디가 어때서! 나도 이든이 좋아할 수 있지!'

채윤이와 수아가 서로를 말없이 째려봤어.

"얘들아, 분위기 왜 이래……."

이든이가 당황스러운 얼굴로 두 사람을 바라봤어.

얘네는 무섭게 왜 이러는 거야……. 이러다 진짜 싸움 나겠어.

안 되겠다! 일단 성깔 있는 채윤이부터 데리고 사라지자!

“채윤아, 너 휴대폰 새로 샀다며? 보여 줘 봐. 구경할래.”

이든이가 채윤이 팔을 붙잡고 교실을 빠져나갔어. 채윤이는 수아에게 얄밉게 혓바닥을 쏙 내밀면서 사라졌지.

‘칫, 인기만 많으면 다냐…….’

수아는 거짓말하면서까지 약속을 취소한 이든이를 이해할 수 없었어. 입을 삐죽거리며 이든이를 원망스럽게 바라봤지.

채윤이가 떠난 후, 그새 이든이 옆자리는 또 다른 아이들이 가득 채우고 있었어. 공부 잘하는 반장에 아이돌처럼 예쁘게 생긴 이든이는 인기가 많았어. 쉬는 시간에 편지나 초콜릿 같은 선물을 주는 아이들도 있을 만큼 말이야.

4월 12일 월요일

정이든 수아야, 오늘 필기 노트 빌려줘서 고마워. 그거 없었으면 오늘 발표 다 망쳤을 거야.

송수아 그냥 평소에 적어 놨던 건데, 도움 됐다니 다행이네.

정이든 사실 안 빌려주면 어떡하나, 한참 망설였거든. 그래서 말인데…… 너 혹시 먹고 싶은 거 있어?

송수아 먹고 싶은 거?

정이든 응. 내가 살게. 뭐든 말해.

송수아 진짜 말해도 돼?

정이든 당연하지.

송수아 그럼 혹시 산골 고개에 정가네 분식집 알아?

정이든 아아, 거기?

송수아 오오, 정가네 아는구나?

정이든 근데 거긴 학교랑 조금 멀지 않아? 그냥 학교 앞에 있는 써니 분식 어때?

송수아 너 정가네 떡볶이 안 먹어 봤구나? 먹어 봤으면 그렇게 말 못 할걸? 써니 떡볶이랑은 비교도 안 된다니까.

정이든 흠……

송수아 혹시 너…… 떡볶이 싫어해?

정이든 아니야. 그럼 내일 학교 끝나고 거기서 보자.

송수아 응. 두 시까지 갈게. 내일 봐.

엇그제 이든이랑 주고받은 메시지를 다시 읽어 봤어.

'치, 뭐야……. 그럼 맛있는 거 사 준다고 한 것도 정말 고마워서 그런 거야? 다른 이유 하나 없이?'

수아는 일주일 전 있었던 일을 떠올려 봤지.

"푸하하. 완전 김치만두잖아!"

수아가 주황색 원피스를 입고 교실에 막 들어섰을 때였어. 장난꾸러기 태오가 수아를 보자마자 큰 소리로 놀려 댄

거야. 얼마나 집요하게 쫓아다니면서 놀리는지 수아는 금방이라도 눈물이 터질 것 같았어.

그때 이든이가 나타나 태오에게 버럭 소리쳤어.

"야, 그만해! 수아가 싫다잖아."

"네가 뭔데? 네가 왜 끼어드는데?"

"선생님이 친구가 싫어하는 별명으로 부르지 말랬잖아."

이든이는 태오에게 차분하면서 단호하게 말했어. 그러고는 수아에게 조그맣게 속삭였지.

"수아야, 원피스 예쁘다. 잘 어울려."

수아는 심장이 쿵 내려앉았어.

'이든이도 나에게 마음이 있는 걸까?'

심장이 쿵쾅쿵쾅 뛰어서 정신을 차릴 수가 없었지.

'그때 나를 도와준 건 그냥 반장의 의무였던 거야? 조금도 다른 마음 없이? 휴……. 나 혼자 무슨 착각을 한 거냐.'

수아는 가슴에서 픽 하고 바람이 빠지는 것 같았어. 아이들에게 둘러싸인 이든이가 멀고도 높게만 느껴졌지. 순간 웃고 떠드는 이든이와 눈이 살짝 마주쳤어.

수아는 왜 아직도 나를 저렇게 쳐다보는 거야. 거짓말한 거 찔리게…….

이든이의 속마음을 들은 수아는 얼굴이 화끈거려서 얼른 고개를 돌렸지.

"얘들아, 안녕."

조회 시간, 선생님이 밝게 인사하며 교실에 들어왔어. 하지만 반 아이들은 웃고 떠드느라 정신이 없어서 선생님이 들어온 줄도 몰랐어.

"얘들아, 선생님 들어온 거 안 보여?"

선생님이 교단을 탕탕 내리치며 굵직한 목소리로 소리쳤어. 그제야 웃고 떠들던 아이들이 자리에 앉으며 잠잠해졌지. 수아가 선생님을 바라보자, 선생님의 속마음이 들렸어.

아무도 신경 안 쓰네.
내가 그렇게 존재감이 없나?
이러다 아이들이 내 말 아예 안 들으면 어떡하지?

'엥, 천하의 박재필 선생님이 저런 생각을?'

수아는 의외였어. 수아가 본 담임 선생님은 항상 강해 보이고 카리스마가 넘쳐 났거든.

오늘 수업도 아이들이 잘 따라와 주겠지?
하여튼 아이들이 말 안 들을 때가 제일 힘들다니까.
박재필, 오늘도 힘내자! 아자 아자, 파이팅!

선생님이 두 눈에 힘을 빡 주며 비장한 표정으로 아이들을 바라봤어. 선생님 속마음을 들은 수아는 저도 모르게 피식 웃음이 났어.

'우리가 말 안 들을 때가 제일 힘들다고? 그럼 나라도 말 잘 들어야겠다.'

수아는 자세를 꼿꼿이 세우고 선생님을 똑바로 바라봤지.

"차렷! 선생님께 인사!"

반장인 이든이가 자리에서 일어나 선생님께 인사할 때였어. 수아가 필통을 만지다가 책상 밑으로 샤프를 떨어뜨린 거야.

아, 똥 마려워 죽겠네.

그 순간 수아는 자기 귀를 의심했어.

'설마 이든이가 저런 말을?'

그때 의자에 앉은 이든이가 한쪽 엉덩이를 살짝 올리는 게 눈에 들어왔어.

'아이, 냄새!'

지독한 방귀 냄새가 수아 코를 확 찔렀어. 머리카락이 쭈뼛 설 정도로 강력한 냄새였지.

"누구냐! 이 말도 안 되는 똥 방귀 주인공은?"

태오가 다 들으라는 식으로 목소리를 크게 높였어. 그제야 아이들이 킥킥거리면서 코를 부여잡고 주위를 둘러봤어.

“솔직히 말해 봐. 너지?”

“무슨 소리야. 네 쪽에서 났거든?”

“도둑이 제 발 저린다고, 태오가 방귀 뀌고 찔려서 먼저 말한 거 아니야?”

아이들이 의심스러운 얼굴로 서로를 쳐다봤어. 수아는 방귀 범인인 이든이 표정을 슬쩍 살펴봤지.

수아는 왜 자꾸 쳐다보는 거야. 설마 내가 방귀 뀐 거 눈치챈 건가?

아, 화장실 가고 싶은데 어떡하지?

지금 가면 애들이 다 눈치챌 텐데…….

'어휴. 깬다, 깨!'

수아는 저도 모르게 인상을 확 찌푸렸어. 하도 소란스러우니까 선생님도 가까이 다가왔어.

"세상에 방귀 안 뀌는 사람도 있냐? 이야, 근데 소리 없는 방귀가 강하다더니 역시 찐하긴 하다? 아침부터 뭘 먹었는지 상당히 구수한데? 스컹크도 울고 가겠다."

선생님 말씀에 아이들이 웃음을 터뜨렸어. 이든이도 어색하게 입꼬리를 올렸지.

아, 진짜 나올 것 같은데 어떡하지?

인터넷에서 급똥 참는 법 봤는데 어떻게 하라고 했더라?

지압을 하라고 했나? 다리를 꼬라고 한 것도 같은데?

에라, 모르겠다. 주문이나 외우자. 가나라다라마바…….

이든이가 식은땀까지 뻘뻘 흘리며 안절부절못했어. 수아는 이든이가 불쌍하고 안타까워서 견딜 수가 없었어.

'아, 어떡하지. 저러다 진짜 실수하면 망신당할 텐데.'

수아는 몇 번을 망설이다 살며시 한쪽 손을 들었어. 수아가 교실에서 스스로 손을 든 건, 4학년 들어와서 지금이 처음일 거야.

"선생님……."

수아의 목소리가 살포시 떨렸어.

"수아야, 왜?"

선생님이 의아한 듯 수아를 바라봤어.

"이 정도 냄새면 그 친구가 화장실이 정말 급하지 않을까요? 그 친구한테 화장실 가라고 하면 창피해서 못 갈 것 같

고……. 다 같이 나눠서 다녀오면 어떨까요?”

수아는 속으로 생각한 말을 모두 했어. 얼굴이 화끈거리고 심장이 쿵쿵 뛰어 터질 것만 같았어. 수아가 누명을 쓸 수도 있지만, 이든이를 위해 어떻게든 용기를 내야 했어.

“야, 뭘 그렇게까지 하냐?”

“수아, 네가 범인 아냐?”

아니나 다를까 아이들 야유가 수아에게 우르르 쏟아졌어.

“왜? 나는 좋은 생각 같은데?”

그때 누군가 쩌렁쩌렁한 목소리로 끼어들었어. 정이든이었어. 그러자 아이들이 “그런가?”, “맞아. 그 정도는 뭐.”라며 고개를 끄덕였어.

선생님이 이마를 짚으며 생각에 빠졌어.

“흠……. 아무래도 스스로 말하긴 힘들겠지?”

잠시 후, 선생님이 결심한 듯 손가락으로 교실 뒷문을 가리켰어.

“자, 지금부터 선생님이 기회를 주겠다! 1 모둠은 1층, 2 모둠은 2층, 3 모둠은 3층으로 화장실 다녀오도록. 단, 화장실이 급한 친구의 온전한 보호를 위해 들어가자마자 변기 물부터 시원하게 내리는 거다?"

선생님 말씀이 끝나기가 무섭게 이든이는 자리에서 벌떡 일어났어. 아이들 사이에 섞여서 자연스럽게 교실을 빠져나갔지. 수아는 그 모습이 귀엽기도 하고 웃겨서 피식 웃음이 났어.

5 알다가도 모르겠어

'이어폰아, 수업 끝날 때까지 잘 있어.'

2교시는 수아가 좋아하는 체육 수업이야. 수아는 이어폰을 사물함에 조심조심 넣고 운동장으로 나왔어.

"자, 다들 열심히 뛸 각오 됐지? 우리가 홍팀을 승리로 이끄는 거다!"

선생님이 아이들을 향해 크게 소리쳤어.

새파란 하늘에 솔솔 불어오는 봄바람, 오늘은 반에서 달리기 대표를 뽑는 날이야. 다음 주에 4학년 전체 이어달리기 시합이 있거든.

예선을 통과한 남자아이들이 출발선 앞에 섰어. 그중에는 운동을 잘하는 이든이도 있었지. 앉아 있던 여자아이들이 이든이를 보려고 고개를 쭉 빼고 눈을 크게 떴어.

"정이든 파이팅!"

수아 바로 뒤에 앉아 있던 채윤이가 크게 소리쳤어. 이든이가 채윤이 쪽을 돌아보며 수줍게 웃었어. 그 웃음이 얼마나 예쁜지 수아는 심장이 또 쿵쾅쿵쾅 뛰었어.

"오, 역시 정이든 1등!"

"당연히 네가 뽑힐 줄 알았어."

역시나 이든이는 바람처럼 달려 1등으로 들어왔어. 아이들은 이든이 어깨를 다독이기도 하고, 머리를 흩뜨리기도 하면서 축하해 주었어.

'잘했어, 이든아.'

마음 같아서는 수아도 다른 아이들처럼 다가가 축하해 주고 싶었어. 하지만 언제나 그랬듯 마음뿐이야. 그때 수아와 이든이의 눈이 언뜻 마주쳤어.

'지금 이어폰을 꽂았다면 이든이가 뭐라고 했을까? 왜 자

꾸 쳐다보냐고 또 투덜거리겠지?'

수아는 조금 전 이든이의 속마음을 들었던 게 생각나서 황급히 고개를 돌렸어.

이번에는 여자아이들이 뛸 차례야. 수아는 떨리는 마음으로 운동화 끈을 바짝 조였어.

'송수아, 하던 대로만 하자!'

수아는 달리기를 무척 좋아해. 처음에는 엄마의 권유로 시작했는데, 바람을 가르며 달릴 때면 잡생각이 사라지고 온몸이 가벼워져서 하늘을 붕 나는 것 같았어. 그래서 매일 저녁 엄마와 함께 학교 운동장을 달렸지.

수아가 두근거리는 심장으로 차례를 기다릴 때였어.

"너 아까 어디서 그런 용기가 났어?"

언제 왔는지, 이든이가 수아 뒤에 서 있는 거야.

"뭐? 무슨 용기?"

뜬금없는 말에 수아가 놀라서 이든이를 바라봤어.

"다 같이 화장실 가자고 한 거 말이야."

이든이가 주변을 의식하며 작은 목소리로 말했어.

“아, 그게…… 그 애가 당황스러울까 봐 그랬지. 누군지는 모르지만.”

수아의 대답에 이든이가 부드럽게 입꼬리를 올렸어.

"아무튼 잘해. 파이팅."

이든이는 아무렇지도 않게 말하고 총총 사라졌지.

'고맙긴 고마웠나 보네.'

수아는 피식 웃었어. 이든이의 응원을 받으니 날개가 돋아나 날아갈 듯 가볍게 뛸 수 있을 것만 같았지.

탕 소리와 함께 수아는 하늘에 닿을 것처럼 껑충껑충 운동장을 달렸어. 출발은 조금 늦었지만 이내 곧 민서와 지유를 앞서갔어. 그러다 맨 앞에 있는 채윤이를 따라잡으려고 할 때였어.

'어, 뭐지?'

채윤이가 수아에게 뒤처지려고 하자, 수아 팔을 슬쩍 잡아당기는 거야. 수아는 깜짝 놀라 얼른 팔을 뿌리쳤어. 그러고는 더 힘차게 앞으로 달려 나갔지. 결국 수아 눈앞에는 그 누구도 보이지 않았어.

"와, 네가 1등이야!"

"수아 달리기 진짜 잘한다!"

아이들이 환호하며 축하해 줬어.

"이태양, 조주영, 정이든, 송수아가 우리 반 대표야. 축하한다.”

선생님 말씀에 수아는 기뻐서 날아갈 것만 같았어.

“그럼 반 대표들은 따로 배턴 받는 연습부터 할까?”

이든이와 나란히 반 대표가 되어 가슴이 벅차오르는데, 투덜거리는 여자아이들 목소리가 들렸어.

“뭐야, 선수를 왜 네 명만 뽑아?”

“맞아, 여섯 명은 돼야지. 너무 조금 뽑는 거 아니야?”

시샘하는 여자아이들의 따가운 눈빛이 느껴졌어.

‘지금 이어폰 꽂으면 질투하는 애들 속마음도 다 들리겠지?’

수아는 이어폰을 두고 오길 잘했다고 생각했어.

‘아무튼 오늘 최고였어, 송수아.’

시원한 바람이 살살 불어오며 수아를 어루만졌어. 저도 모르게 가슴이 쫙 펴지고 어깨에 힘이 들어갔지. 그 순간 이든이가 자신을 쳐다보는 게 느껴졌어.

‘이든이도 속으로 내 실력에 감탄했겠지?’

수아는 얼른 이어폰을 꽂고 싶어졌어.

드디어 학교 수업이 모두 끝났어. 수아는 사물함에 넣어 놨던 이어폰을 비장하게 다시 꺼내 들었어.

'마지막 기회야. 할 수 있어!'

수아는 이어폰을 귀에 꽂고 크게 심호흡했어. 기왕 이어폰을 손에 넣은 거, 제대로 한번 용기 내 보기로 마음먹었지.

"이든아, 잠깐만."

자리에서 일어나는 이든이에게 다가갔어. 아이들이 방과 후 수업으로 이동하느라 정신없을 때를 이용했지.

"응?"

“자꾸 물어서 미안한데, 어제 말이야…….”

“어제?”

“혹시 내가 싫어서 일부러 분식집 안 온 거야?”

수아는 작지만 분명하게 말했어. 너무 대놓고 물어본 것 같았지만 어차피 이든이는 사실대로 말하지 않을 것 같았어. 이든이는 인기 관리하느라 항상 모두에게 친절히 대하니까. 하지만 이런 질문을 받으면 속으로는 진심을 말할 수밖에 없겠지?

수아는 작은 기대를 품고 이든이를 바라봤어.

아니, 얘가 왜 자꾸 어제 이야기를 묻는 거지? 내가 거짓말한 거 진짜 눈치챘나?

아, 근데 사실대로 말하면 어색해질 텐데…….

‘뭐? 사실대로 말하면 어색해진다고? 역시 내가 싫다는 거지?’

더 길게 말했다가는 거짓말한 거 탄로 날 수도 있으니까, 일단 모른 척하고 도망가자!

"저, 정말 학원에 갔어. 나 지금 방과 후 수업 가야 해서. 미안, 먼저 갈게!"

이든이는 잽싸게 교실을 빠져나갔지.

'이럴 줄 알았다니까!'

속마음이 들리는 이어폰이고 뭐고. 진짜 듣고 싶은 건 하나도 듣지 못하는 이어폰 때문에 수아는 기분이 상했어. 툴툴거리면서 교실을 나가는데, 갑자기 교실로 뛰어 들어오는 채윤이와 제대로 부딪혔어.

"어떡해, 내 휴대폰!"

채윤이가 떨어진 휴대폰을 주우며 소리쳤어. 수아랑 부딪히면서 바닥에 폰이 떨어진 모양이야.

"미안해."

딱히 잘못한 건 없지만, 수아는 일단 사과했어.

"미안하면 다야? 여기 금 갔잖아. 이거 아직 일주일도 못

쓴 새것이란 말이야!"

채윤이가 휴대폰을 힐끔 보더니 수아를 확 째려봤어.

잘됐다. 달리기 시합도 못 나가서 열받는데, 어제 흠집 난 거 만두한테 뒤집어씌워서 골탕 좀 먹여야지!

수아가 발끈하며 소리쳤어.

"뭐라고? 만두?"

채윤이가 펄쩍펄쩍 뛰면서 바락바락 소리쳤어.

"너 뭐야? 귀신이야? 어떻게 내 속마음을 그렇게 잘 알아? 그나저나 내 휴대폰 어쩔 거야. 너 때문에 금 갔잖아!"

"그게 왜 나 때문이야? 서로 부딪힌 건데. 그리고 원래도 금 간 걸 왜 나한테 뒤집어씌워?"

수아도 지지 않고 맞받아쳤지.

"내가 뒤집어씌웠다고? 너 지금 내가 거짓말한다는 거야?"

"그럼 거짓말 아니야? 너 자꾸 이렇게 치사하게 나올래?"

"뭐, 치사해?"

채윤이가 씩씩거리면서 수아를 노려봤어. 그러더니 난데없이 수아의 머리카락을 확 잡아당기는 거야.

"놔! 아프다고!"

수아는 채윤이 팔을 붙잡고 놓으라고 발버둥 쳤어. 하지만 힘이 어찌나 센지 수아는 꼼짝도 할 수 없었어.

"그만해!"

그때, 이든이 목소리가 구세주처럼 울려 퍼졌어. 그제야 수아는 힘겹게 고개를 들었어. 이든이가 무서운 얼굴로 채윤이 팔목을 붙잡고 있었어.

"문채윤! 너 아까 나한테 휴대폰 보여 준 거 기억 안 나? 그때도 휴대폰에 금 가 있었거든! 그만 좀 해."

이든이가 화를 꾹 참는 말투로 채윤이에게 말했어. 채윤이는 얼굴이 붉으락푸르락해서 어쩔 줄 모르더니, 후다닥 그 자리를 빠져나갔지.

주위를 둘러보니 어느새 수많은 아이가 수아의 주위를 둘러싸고 있었어. 수아는 갑자기 눈물이 날 것 같았어. 울 것 같은 표정으로 아이들을 하나하나 바라봤지.

오, 완전 대박. 역시 싸움 구경은 재밌어.

채윤이 창피해서 이제 어떻게 고개 들고 다니냐.

어떡해. 수아 머리카락 진짜 많이 뽑혔네. 아프겠다.

저 와중에 정이든 뭐야? 완전 멋있잖아?

설마 이든이가 수아한테 마음 있는 건 아니겠지?

수아는 쏟아지듯 들려오는 속마음에 머리가 지끈거렸어.

'칫, 정이든. 너는 나 좋아하지도 않으면서 왜 이렇게 도와주는 건데. 너 미워!'

바닥에는 수아 머리카락이 제법 떨어져 있었어. 뒤통수는 아프고 사람 헷갈리게 하는 이든이가 원망스러웠지.

수아는 금방이라도 눈물이 터질 것 같았어. 바로 벌떡 일어나 도망치듯 그 자리를 뛰쳐나갔어.

"온 미용실, 봄봄 논술 교실, 24시 양평 해장국……."

수아는 눈을 부릅뜨고 길거리의 간판이란 간판은 다 읽었어. 잠깐이라도 말을 멈추면 눈물이 폭풍처럼 터져 나올 것 같았거든.

"안녕 피아노, 다나와 서점, 정가네 분식집."

그때 수아 눈에 이든이와 만나기로 했던 정가네 분식집이 들어왔어. 그제야 걸음을 멈추고 분식집 건너편, 뽑기봇이 있던 곳을 바라봤지.

'쳇, 속마음이 들리는 이어폰이라고?'

수아는 이어폰을 뽑게 한 뽑기봇이 원망스러웠어. 이어폰 때문에 괜히 듣고 싶지 않은 말만 듣고 채윤이랑도 다퉜잖아. 약 올리는 것도 아니고 진짜 속마음은 들려주지 않아서 화가 났어.

'엉터리 이어폰이니까 듣지 말라고 한 거였어. 내가 뭐라고 할까 봐 뽑자마자 바로 도망간 거였고!'

뽑기봇이 있던 자리에는 누군가 버린 것 같은 거울만 덩그러니 놓여 있었어. 수아는 가까이 다가가 아무 생각 없이 힐끔 거울을 바라봤어.

수아야, 괜찮아? 안 아팠어?

이어폰에서 따뜻한 목소리가 들려왔어. 주변을 둘러보니 사람은커녕 개미 한 마리도 보이지 않을 정도로 거리는 썰렁했어.

많이 아프고 속상했지?

수아는 그 소리가 자기 목소리라는 걸 알 수 있었어. 눈을 크게 뜨고 거울에 비친 자기 얼굴을 똑바로 바라봤지.

억지로 참으려고 애쓰지 마. 울고 싶으면 울고 화내고 싶으면 화내. 네 마음 가는 대로 해도 괜찮아.

보이지 않는 누군가가 수아를 따뜻하게 안아 주는 것 같았어. 수아는 갑자기 눈시울이 뜨거워지면서 참았던 눈물이 툭 터졌어. 코가 빨개질 때까지 펑펑 울고 나니 마음이 한결 가벼워지는 것 같았어.

수아는 코를 팽 풀고 다시 거울을 바라봤지.

괜찮아? 이제 조금 마음이 편해졌어?

근데 수아 너, 오늘 진짜 멋졌던 거 알지?

거울 속 자기 모습을 바라보는 수아의 눈이 반짝거렸어.

좋아하는 아이를 위해 선생님께 용기 내어 말하고, 이든이 앞에서도 주눅 들지 않고 당당하게 말했잖아.

그것만으로도 충분히 잘했어!

그러니까 더 이상 애쓰지 않아도 돼.

수아는 고개를 끄덕이며 두 주먹을 불끈 쥐었어.

그 애가 무슨 생각을 하든 너는 너대로 지내면 돼.

그러니까 더는 다른 사람 눈치 보지 말고 네 마음부터 들여다보는 거야, 알겠지?

"알았어. 이 세상에서 가장 소중한 사람은 바로 나니까."

결심한 듯 또박또박 말했지.

수아는 더 이상 이어폰으로 누군가의 속마음을 듣고 싶지 않았어. 이어폰을 빼서 주머니에 아무렇게나 넣었지. 그러고는 싱긋 웃으며 한 발짝 떼는데, 뒤에서 익숙한 목소리가 들리는 거야.

"어? 수아 너, 여기 있었어?"

돌아보니 이든이가 서 있었어. 어딜 뛰어다녔는지 이마에 땀이 송골송골 맺혀 있었지.

"수아야, 시간 되면 떡볶이 먹을래?"

이든이가 바로 앞 정가네 분식집을 가리켰어.

"어제 먹기로 하고 못 먹었잖아. 내가 살게."

"그래, 좋아."

수아는 가만히 고개를 끄덕였어.

수아와 이든이가 분식집 문을 열고 막 들어갔을 때야.

"아들 왔어?"

분식집 아저씨가 이든이에게 이렇게 말하는 거야.

"학교 다녀왔습니다."

이든이는 자연스럽게 아저씨에게 가방을 건넸고 말이야.

'아들? 아빠?'

수아는 어리둥절해서 아저씨와 이든이를 번갈아 바라봤어. 정가네 분식집 아저씨 아들이 이든이라는 건 상상도 못 했으니까.

"아빠, 친구랑 먹게 떡볶이 좀 해 줘. 치즈 팍팍 넣어서."

"그래, 조금만 기다려!"

이든이 말에 아저씨가 기다렸다는 듯 주방으로 들어갔어. 수아는 햇살이 환히 들어오는 창가 자리에 앉으며 이든이에게 물었어.

"근데 여기 너희 아빠 가게야? 정가네가 정이든 네 성이었어? 나 여기 자주 오는데 전혀 몰랐어."

"아, 그게……."

이든이가 말꼬리를 흐리며 머뭇거렸어.

"이따가…… 떡볶이 먹고 천천히 말해 줄게."

수아 눈치를 보며 조심스럽게 대답했어. 그러더니 뭔가

생각난 듯 눈을 크게 뜨고 수아를 바라봤지.

“야, 근데 너는 채윤이랑 다투더니 어떻게 갑자기 사라지냐? 찾았잖아.”

“네가 나를 왜 찾아?”

“걱정돼서 그러지. 머리카락 뽑힌 건 괜찮아? 많이 아팠지?”

이든이가 수아에게 바짝 다가오며 걱정스러운 얼굴로 물었어. 수아는 그 순간 얼굴이 화끈거려 이든이를 똑바로 볼 수 없었어. 벌떡 일어나 정수기 앞으로 도망치듯 걸어갔지.

“아, 목말라……. 여기 물은 셀프니까 내가 가져다줄게.”

수아가 차가운 물을 컵에 한가득 담고 얼굴을 식히며 다시 자리로 돌아올 때였어.

“어? 너 그 이어폰 뭐야?”

이든이의 한쪽 귀에 이어폰이 꽂혀 있는 거야. 그것도 수아랑 똑같은 투명한 이어폰 말이야. 이든이가 주변을 슬쩍 둘러보더니 조심스럽게 이어폰을 뺐어. 그러고는 비밀 이야기하듯 입가를 가린 채 작게 속삭였지.

“사실 이거…… 뽑기봇에서 뽑은 거야.”

“뭐? 이걸 뽑기봇에서 뽑았다고?”

“응.”

이든이가 진지한 얼굴로 고개를 끄덕였어.

"이든아, 그럼 너도 이걸로 사람들 속마음 들었어?"

"아, 그게……."

수아는 아까 속으로 이든이를 흉봤던 게 떠올랐어.

"너 그럼 내 생각 다 들었어? 아니야, 그거 오해야. 내가 너한테 깬다고 한 건, 아니 사실 살짝 깨긴 했지만……."

"너 나한테 뭐라고 했어? 나 못 들었는데?"

이든이가 토끼처럼 눈을 동그랗게 뜨고 되물었어. 그러고는 이어폰을 손에 쥐고 위아래로 흔들며 덧붙였지.

"실은 아침에 세수하다 물에 빠뜨렸거든. 그랬더니 계속 끊기고 지지직거리기만 해. 조금 전에도 혹시나 해서 껴 봤는데 마찬가지네. 무슨 마법의 이어폰이 이러냐."

"뭐? 그럼 아예 써 보지도 못한 거야?"

이든이가 시무룩한 표정으로 고개를 끄덕였어. 그러다 갑자기 수아를 빤히 쳐다보면서 이렇게 말하는 거야.

"근데 수아 너, 오늘따라 말 되게 잘한다."

"하하. 내가 오늘 좀 그랬지?"

수아는 머쓱해서 한쪽 입꼬리를 슬쩍 올렸어.

"사실 평소에 네가 내 앞에서 말이 없길래 '혹시 나를 싫어하나?' 하고 은근히 신경 쓰였거든."

"야, 내가 너를 왜 싫어해? 절대 그런 거 아니거든!"

수아가 손을 휘휘 내저으며 크게 소리쳤어. 그러자 이든이 입가에 해바라기처럼 환한 미소가 번졌지.

"맛있게 먹으렴."

그사이 아저씨가 치즈가 듬뿍 올라간 매콤한 떡볶이와 김이 모락모락 나는 어묵 꼬치를 가져다줬어.

"그리고 이건 아직 정식 메뉴는 아니고 개발 중인데, 한번 먹어 봐."

아저씨가 신 메뉴로 준 것은 동그란 새우만두였어. 수아는 만두라는 자기 별명이 생각났어.

수아가 제법 진지하게 물어봤어.

"이든아, 너도 내가 만두처럼 생겼다고 생각해?"

아무렇지도 않은 얼굴로 이든이가 대답했지.

"응, 왜?"

"야!"

"만두 닮은 게 어때서. 동글동글하고 귀엽잖아."

수아의 심장이 쿵쾅쿵쾅 빠르게 뛰었어. 떨리는 가슴을 꾹 누르며 조심스럽게 물었어.

"근데 너, 이어폰으로 누구 속마음 듣고 싶었어?"

“당연히 너지.”

이든이가 해맑은 얼굴로 만두를 베어 먹다가 움찔했어. 그러고는 곧 수아에게 물었어.

“그러는 넌 누구 마음 듣고 싶었는데?”

“나도 너…….”

“나를? 그러면 너도 나를?”

“혹시 너도 나를?”

이든이와 수아의 눈이 휘둥그레졌어.

“좋아해.”

“좋아해.”

누가 먼저랄 것도 없이 동시에 말했지.

수아는 웃음을 꾹 참고 먹음직스럽게 생긴 새우만두를 집어 들었어. 부드럽고 쫄깃쫄깃한 만두피에 아삭아삭 씹히는 채소, 입안에서 톡톡 터지는 탱글탱글한 새우까지. 너무 맛있어서 순식간에 네 개나 먹었어.

수아가 이든이를 똑바로 바라보며 물었어.

“이든아, 이제부터 솔직하게 말하는 거다?”

"좋아."

이든이는 수줍게 고개를 끄덕였어.

"언제부터였어, 나 좋아한 게?"

어묵 꼬치를 쭉 늘여 먹으면서 이든이가 생각에 빠졌어.

얼마 전까지만 해도 정가네 분식집에는 손님이 거의 없었어. 번화가에서 떨어져 있는 데다 이든이 아빠의 요리 솜씨도 썩 좋은 편은 아니었거든. 그래서인지 음식을 먹는 손님들 표정도 늘 시큰둥했지.

'내가 그렇게 요리를 못하나. 식당을 그만둬야 하나.' 하고 이든이 아빠가 심각하게 고민하던 즈음이었어. 파리만 날리던 식당에 귀여운 손님이 찾아온 거야.

"정가네 떡볶이 하나만 주세요."

그때 이든이는 분식집에 딸린 작은방에서 숙제하고 있었어. 갑자기 또래 아이 목소리가 들려 호기심에 귀를 쫑긋 세웠지.

“맛있게 먹으렴.”

이든이 아빠가 아이 앞에 떡볶이 접시를 내려놓았어.

‘이 아이도 맛없어서 다 남기겠지?’

이든이 아빠는 평소처럼 불안한 마음으로 꼬마 손님의 표정을 살폈어. 그런데 손님이 작은 입을 쉼 없이 오물오물하며 너무 맛있게 먹는 거야. 그것도 세상에서 가장 행복한 표정을 지으면서 말이야.

손님이 나가고 그제야 이든이가 밖으로 나왔어. 이든이는 손님이 없을 때만 밖으로 나왔거든.

“이든아! 여기 국물까지 싹 다 먹은 거 보여?”

이든이를 보자마자 아빠가 흥분해서 소리쳤어.

“하하. 나 그렇게 맛있게 먹는 아이는 처음 봤다니까.”

아빠의 얼굴에 함박웃음이 가득 차올랐어.

‘아빠를 웃게 한 아이가 누굴까?’

이든이는 궁금했어.

일주일쯤 지나서 분식점에 또다시 그 손님이 찾아왔어.

그때도 이든이는 분식점에 딸린 방 안에 있었지.

"학생은 어쩜 이렇게 음식을 맛있게 먹어?"

아빠 말에 이든이는 그제야 문을 열고 가게를 내다보았어. 이번에도 아빠는 손님을 보며 환하게 웃고 있었어.

'도대체 어떤 아이일까?'

이든이는 고개를 쭉 빼고 누군지 살펴봤어. 그곳에는 같은 반 친구인 수아가 앉아 있었어.

'아, 수아였구나…….'

그날 이후 이든이는 수아를 유심히 지켜보았어.

수아는 음식을 맛있게 먹는 건 물론이고, 좋은 것을 먼저 차지하려고 하지 않았어. 남을 배려하는 예쁜 마음씨까지 두루 갖고 있었지. 그렇게 이든이는 자기도 모르는 사이 서서히 수아를 좋아하게 된 거야.

이야기를 마친 이든이 얼굴이 발갛게 달아올랐어.

"그런데 네가 내 앞에서 말을 잘 안 하니까 날 불편해한다고 생각했어. 그래서 쉽게 다가갈 수가 없었어. 나 은근히 소심하거든."

이든이가 뒤통수를 긁적이며 멋쩍게 웃었어.

"암튼 그때 아빠가 네 덕분에 얼마나 큰 힘을 받았는지 모른대. 그래서 더 열심히 요리 연습한 거고. 이렇게 잘돼서 고마워. 진심으로."

수아는 쑥스럽기도 하고 기분이 이상했어. 이든이를 짝사랑하고 있다고 생각했는데, 이든이도 수아를 지켜보고 있었다니 믿을 수 없는 거야.

이든이가 결심한 듯 비장한 눈빛으로 수아를 바라봤어.

"수아야, 아까 물어본 거 이제 대답할게."

"뭐? 너희 집이 분식집 하는 거?"

"응. 사실……."

이든이가 아빠 쪽을 슬쩍 바라보고는 낮게 말했어.

"부끄러웠어."

"뭐?"

"아빠가 분식집 하는 거. 엄마랑 이혼하고 아빠랑 단둘이 여기서 사는 거, 들키고 싶지 않았거든. 그래서 어제 약속도 취소한 거야."

"야! 무슨!"

수아는 이든이에게 뭐라고 대꾸하려다가 순간 멈칫했어. 이든이가 어떤 마음일지, 그 깊은 속마음까지는 수아가 다 헤아릴 수 없을 것 같았거든.

"근데 그러고 나서 후회했어. 왜 널 속이면서까지 약속을 취소했는지. 다른 아이도 아니고 너한테 말이야."

이든이가 자기 머리를 콩콩 때리며 괴로워했어.

"그러다 좀 전에 너를 찾으러 다닐 때 결심했어. 너한테만큼은 솔직해져야겠다고."

이든이는 침을 꼴깍 삼키더니, 진지한 얼굴로 수아를 바라봤어.

"수아야, 어제 거짓말해서 진심으로 미안해."

"괜찮아. 지금이라도 사실대로 말해 줬으니까."

그러고는 결심한 듯 주머니에서 뭔가를 꺼내 들었어. 속마음이 들리는 이어폰이었어. 수아를 도와주는 거 같기도 하고, 아닌 것 같기도 한 알쏭달쏭한 이어폰.

"이든아, 나 이제 이거 진짜 필요 없을 것 같아!"

수아는 물컵 위로 이어폰을 물에 빠뜨릴 것처럼 가져갔어.

"그 대신 앞으로 나한테 항상 솔직하게 말해 줄 수 있어? 나도 그럴게."

"당연하지. 네 마음 알았으니까 나도 이런 거 필요 없어!"

이든이도 자신의 이어폰을 집어 들었어. 둘은 누가 먼저랄 것도 없이 물컵에 이어폰을 빠뜨렸어. 퐁당 소리와 함께 이어폰이 물속에 빠졌지.

음식을 다 먹고 어느새 접시에는 떡볶이 두 개만 남아 있었어. 수아와 이든이는 남은 떡볶이를 사이좋게 하나씩 포크로 콕 찍었어.

"진짜 맛있다!"

창가로 들어오는 햇살 한 줌, 따뜻한 공간, 좋아하는 사람, 맛있는 냄새, 잊지 못할 오늘……. 이 모든 게 어우러진 떡볶이는 환상의 맛이었어.

수아와 이든이는 서로를 가만히 바라봤어. 수아는 입꼬리가 저절로 올라가 참을 수 없었어. 이든이도 자꾸만 웃음이 새어 나와 견딜 수 없었지. 둘은 소리 내어 웃지 않으면 가슴이 풍선처럼 부풀어서 빵 터질 것만 같았어. 결국 가게라는 걸 잊고 크게 소리 내어 웃었어.

"하하하."

"하하하."

정가네 분식집에 행복한 웃음이 가득 울려 퍼졌어. 그 모습을 지켜보던 이든이 아빠 얼굴에도 환한 웃음꽃이 피었지. 그런데 한참을 웃던 수아와 이든이가 동시에 웃음을 딱 멈췄어.

또로로로로~ 띠리리리리~ 따라라라라~

어디선가 귀에 익은 익숙한 소리가 들려온 거야. 창밖을 내다보니 분식집 건너편에 뽑기봇이 놓여 있었어.

'뭐지?'

놀라서 보는데, 그때 마침 그 앞을 지나가던 채윤이가 뽑기봇 앞으로 성큼성큼 다가갔어. 채윤이는 뽑기봇을 뚫어지게 노려보더니 지갑을 잽싸게 꺼냈어. 수아와 이든이는 자리에서 벌떡 일어나 동시에 소리쳤어.

"안 돼! 절대 절대 뽑지 마!"

작가의 말

사랑은 참 많은 것을 변화시켜요.

평소 수줍음 많은 아이도 정말 좋아하는 친구가 생기면 없던 용기가 샘솟아 고백할 수 있는 것처럼요. 그뿐인가요. 외모에 관심 없던 아이도 좋아하는 친구에게 잘 보이기 위해 옷차림과 머리 스타일에 신경 쓰게 되죠. 평소에 꺼리던 음식도 좋아하는 친구와 함께라면 꾹 참고 먹을 수도 있고요. 사랑은 이렇게 많은 것을 가능하게 할 만큼 위대하지만, 우리 이것 한 가지만 기억하기로 해요.

그 어떤 순간에도 나 자신을 잃지 않기를요.

작은 빛은 어둠 속에서는 환하게 보이지만, 밝은 곳에서는 주변에 묻혀 잘 보이지 않을 때가 많습니다. 태양처럼 강렬하고 밝은 빛이든 반딧불처럼 작고 은은한 빛이든 여러분은 이미 존재 자체로 반짝이는 사람이에요. 그러니 부디 어떤 순간에도 나 자신을 잃지 말아요. 나 자신부터 사랑하고, 내 마음부터 들여다보고, 내가 감당할 수 있을 만큼만 노력하자고요.

사랑은 너무나 자연스럽고 아름다운 감정이에요. 나를 더 나답게 만들어 주는 친구를 만나면, 그때는 최선을 다해 사랑하세요. 좋아하는 사람과 함께 많이 웃고 행복하길 바랍니다. 사랑은 함께 행복하기 위해 하는 거니까요.

존재만으로 빛나는 여러분이 스스로를 더 많이 사랑할 수 있기를, 주변의 소중한 사람들에게 사랑한다는 말을 건넬 수 있기를 바라며.

최빛나

사랑의 뽑기북

초판 1쇄 인쇄일 2024년 12월 19일
초판 1쇄 발행일 2025년 1월 2일

지은이 최빛나
그린이 김민우
펴낸이 강병철
편집 장새롬 유지서 정사라 서효원 전욱진 이주연
디자인 이도이
마케팅 최금순 이언영 연병선 송의정
제작 홍동근

펴낸곳 이지북
출판등록 1997년 11월 15일 제105-09-06199호
주소 (04047) 서울시 마포구 양화로6길 49
전화 편집부 (02)324-2347, 경영지원부 (02)325-6047
팩스 편집부 (02)324-2348, 경영지원부 (02)2648-1311
이메일 ezbook@jamobook.com

ISBN 979-11-93914-60-1 74810
978-89-5707-299-8 (세트)

잘못된 책은 교환해 드립니다.

"콘텐츠로 만나는 새로운 세상, 콘텐츠를 만나는 새로운 방법, 책에 대한 새로운 생각"
이지북은 세상 모든 것에 대한 여러분의 소중한 콘텐츠를 기다립니다.